LE PHILOSOPHE

A TABLE.

Par N. Chatillon,

MEMBRE CORRESPONDANT DE L'ACADÉMIE DE DIJON.

Dissipat Evius
Curas edaces.
HOR.

Imprimerie de Carpentier-Méricourt.

PARIS,

A. LEROUX, ÉDITEUR, PALAIS-ROYAL,
GALERIE DE BOIS.

1824.

LE PHILOSOPHE

A TABLE.

Par M. Chatillon,

MEMBRE CORRESPONDANT DE L'ACADÉMIE DE DIJON.

Dissipat Evius
Curas edaces.
HOR.

Imprimerie de Carpentier-Méricourt.

PARIS,

A. LEROUX, ÉDITEUR, PALAIS-ROYAL,

GALERIE DE BOIS.

1824.

LE PHILOSOPHE

A TABLE.

Amis, puisque chacun, plein du Dieu qui l'inspire,
Apporte sa chanson à ce joyeux banquet,
Je voudrais, à mon tour, plein du même délire,
Ajouter une fleur à ce charmant bouquet;
Mais quand vous avez tous fatigué votre lyre,
    Que peut-il me rester à dire?
Irai-je répéter, ainsi qu'un perroquet,
    Une banale chansonnette
    Qu'on chante si souvent en chœur
    Chez maint et maint restaurateur,
Que le garçon qui nous change d'assiette
    Sans le vouloir, la sait par cœur?
Autrefois j'aurais pu demander à ma Muse,
    Sans jamais craindre ses refus,
    De ces aimables impromptus
Dont l'à-propos toujours nous plaît et nous amuse;
    Mais ce temps-là pour moi n'existe plus.
Du présent au passé la différence est grande.
    J'étais alors dans l'âge heureux,
    Où l'on obtient tout ce que l'on demande:
Chacun semblait voler au-devant de mes vœux:

Du Dieu de Paphos et de Gnide
Le flambeau seul était mon guide,
Tout enivrait mes sens et séduisait mon cœur ;
Mais le temps qui m'entraîne en sa marche rapide,
A détruit mon ivresse et changé mon humeur :
Au travers d'un prisme trompeur,
Comme autrefois, je ne vois plus le monde :
Le présent n'a plus rien qui flatte mes désirs,
Et l'avenir, qu'avec effroi je sonde,
Semble plein de regrets et vide de plaisirs.
Du manteau d'Héraclite alors je m'enveloppe :
L'ennui, qui s'attache à mes pas,
Me rend frondeur et misanthrope ;
J'ai l'esprit noir.... Hé ! qui ne l'aurait pas,
En voyant tant de gens prospérer ici-bas !
Le soin de s'enrichir est le seul qui les presse ;
Le vice est leur idole et l'intérêt leur Dieu ;
Des devoirs les plus saints chacun se fait un jeu :
De l'honneur on parle sans cesse,
Et jamais on n'en eut si peu.
Voyez cet avocat dont la voix éloquente
N'a jamais défendu l'innocence indigente :
De sa rigidité tout haut il parlera ;
Mais tout bas il vous avouera,
Qu'aveuglant du Jury les esprits trop timides,
Il a sauvé, grâce au talent qu'il a,
Quatorze empoisonneurs et quatre parricides.
Voyez ce gros marchand, de toutes parts, cité
Pour son austère probité
Certain jour de Noël il m'emprunte une somme,

Il m'embrasse le jour de l'an ,
Et, sans cesser de se dire honnête homme,
Le jour des Rois, me met sur son bilan.
Ainsi, sans renoncer à la publique estime,
Dans la ruse et la fraude on cherche son profit ;
Les lois, en se taisant , rendent tout légitime ;
Le parjure n'est plus un crime ,
Le sacrilége est à peine un délit :
On sait cacher mainte et mainte souillure
Sous les plis d'un habit doré :
Le riche est toujours révéré,
Une main pleine est toujours pure ,
Et le Veau d'or est toujours adoré.
Je vois partout l'arrogante jeunesse,
De grossiers quolibets accabler la vieillesse ;
La pitié sur nos cœurs a perdu tous ses droits.
Je cherche en vain cette galanterie,
Fille aimable de ma patrie,
Qui du bon ton nous enseigna les lois,
Et fit aimer partout le Français d'autrefois.
L'égoïsme odieux , la froide indifférence ,
Du Dieu d'amour ont éteint le flambeau ;
On souffre à peine un voile à la décence
Et Plutus seul conserve son bandeau.

Quel remède à cela ? Ma foi , je n'en vois guère ;
Les hommes , si prompts à mal faire ,
Sont bien lents à se corriger :
Laissons donc au temps seul le soin de les changer ,
Et ne songeons qu'à nous distraire.

Mais cependant comment nous étourdir ?
Comment chasser l'ennui qui vient nous engourdir ?
Irons-nous dans les lieux où règne Melpomène ?
Son trône est affermi par de nouveaux succès ;
Paris est son empire, elle y commande en Reine ;
J'en conviens ; mais , hélas ! c'est une souveraine
    Qui n'a que de pauvres sujets !
    Irons-nous visiter Thalie,
    Jadis si vive et si jolie,
    Aujourd'hui l'œil baigné de pleurs,
    Et n'ayant plus d'autre assistance,
    Pour soutenir son existence,
    Que les efforts des cabaleurs ?
Non ; laissons , croyez-moi, la scène abâtardie
S'enivrer de l'encens de sots admirateurs :
Nous reviendrons nous mettre au rang des spectateurs
    Quand on pourra rire à la comédie,
    Et pleurer à la tragédie.

Irons-nous dissiper notre sombre chagrin
Dans les lieux consacrés à la Muse lyrique ?
    Nous savons tous que la musique
Exerce sur les cœurs un pouvoir souverain ,
    Et que jadis sa puissance magique
Apaisait de Saül l'humeur mélancolique ;
Oui ; mais à la façon dont on chante aujourd'hui,
Je crains qu'en l'évitant nous n'y trouvions l'ennui.
Qui pourrait , en effet, applaudir tel ouvrage,
Où des oiseaux chacun imite le ramage ?
Où l'enfant, le vieillard, le pâtre , et le guerrier,

N'ayant que le même langage,
Semblent n'avoir aussi que le même gosier ?
Corrompu par un goût uniforme et maussade,
Le théâtre à présent est un concours ouvert
A qui veut disputer le prix de la roulade.
Entré fort bien portant, j'en sortirais malade.
Ce genre ultramontain, permis dans un concert,
Sur notre scène encor peut-il être souffert !
Le chant doit être en tout conforme à la nature :
Je n'y vois point des sons assemblés au hasard ;
J'y vois des passions la fidèle peinture ;
   Et si le cœur n'y prend aucune part,
C'en est fait, la musique a cessé d'être un art.

Irons-nous, pour calmer l'ennui qui nous dévore,
Dans ce séjour, jadis par les Ris habité,
   Et qu'aujourd'hui nous appelons encore
    Le Théâtre de la Gaîté ?
Hélas ! oublions-nous que le noir mélodrame
Du nom de ce théâtre a fait une épigramme ?
Au lieu de voir briller, dans chaque nouveauté,
L'esprit, le vrai comique, et la malignité,
On n'y voit plus briller que le fer et la flamme.
C'est par les ignorans le spectacle adopté :
Aussi, vous le voyez, c'est le plus fréquenté.
Dès que la porte s'ouvre, on s'y rue, on s'y jette.
    C'est là que sur mainte banquette,
    Ayant du foin pour tout duvet,
    Les amateurs sont en bonnet,
    Et les abonnés en casquette.

C'est là qu'on boit, tout comme au cabaret ;
C'est là qu'on mange ainsi qu'à la guinguette ,
Et qu'un maçon, en me pressant le flanc,
D'un habit noir me fait un habit blanc.
C'est là qu'un piétre auteur passe pour un oracle ;
C'est que, sans pitié nous brisant le tympan ,
Le voisin dans ses mains frappant,
Ouvre une bouche énorme en criant au miracle,
Quand tout homme de goût ne l'ouvre qu'en bâillant.
Ce n'est pas tout encor : pour gâgner sa demeure,
Et ne pas arriver chez soi le lendemain ,
On est forcé de prendre une voiture à l'heure
Qui, par mainte bagarre arrêtée en chemin,
Fait payer cher tout le temps qui s'écoule ;
Heureux encore, heureux si , sortant de la foule ,
En montant dans son fiacre ou son cabriolet,
On peut au conducteur dire quelle heure il est !

Quand la saison, moins froide et moins humide ,
Aux champs ramènera nos riches citadins ,
Irons-nous voir ces superbes jardins
Que semble avoir créés la baguette d'Armide?
Qui, chaque année, appellent nos loisirs ?
Et dont l'éclat que rien n'égale
Semble entourer la Capitale
D'une ceinture de plaisirs ?
Non, non; ces lieux trop magnifiques
Ne sont point faits pour calmer nos chagrins :
J'y reconnais de l'art les traces symétriques,
Et les vices de l'homme en chaque endroit empreints ;

J'y vois la fleur précoce, esclave languissante,
Qui n'a reçu du ciel la chaleur bienfaisante
   Qu'à travers de jaloux vitraux,
   Et qui n'a pu connaître encore
Les baisers du zéphir ni les pleurs de l'aurore;
J'y vois former partout de factices berceaux,
   Et ces bosquets qui, faute de verdure,
Empruntent le secours d'un feuillage en peinture;
   J'y vois de croupissantes eaux;
En un mot, j'y vois tout: excepté la nature.
   Adieu donc, brillant Tivoli,
  Charmant Beaujon, somptueux Frascati,
Et toi, que nous légua ce bon Père la Chaise,
Toi, dont le luxe impie attire le passant,
   Et dont l'aspect, par parenthèse,
   N'est pas le moins divertissant;
Où l'immortalité s'achète à tant la toise,
Où, sur un marbre blanc, une muse bourgeoise
   Outrage avec impunité
   La grammaire et la vérité;
Adieu, profite bien d'un orgueilleux caprice;
Prospère, fructifie, et que Dieu te bénisse.

Quel heureux spécifique aura donc la vertu
De ranimer enfin notre esprit abattu?
   Pour avoir le cœur à la danse
Faut-il s'emprisonner au bal de l'Opéra,
Où l'on voit tout Paris s'ennuyer en cadence?
Irons-nous chez la prude où l'on n'applaudira
Qu'aux discours de l'envie ou de la médisance?

Faut-il, pour mettre enfin la tristesse en défaut,
Courir chez la coquette, à la mode asservie,
  Où vous passez pour un nigaud
Si vous ne raisonnez de schall, de broderie,
  Ou de couleur de nymphe évanouie,
  Ou de couleur de ventre de crapaud?
Faut-il sur des patins hasarder notre vie?
Aller à l'Athénée où l'on s'assoupira,
Ou bien à l'Institut où l'on s'endormira?
Non, non; pour nous distraire, et chasser l'humeur noire,
Il n'est qu'un seul moyen, mes amis, c'est de boire,
  Et de noyer notre guignon
  Dans les flots d'un vin bourguignon.

  Pour nous guérir l'estomac, ou la rate,
   Le cœur, le foie, ou le cerveau,
  Ne prenons plus les conseils d'Hippocrate;
  Ne consultons que le Dieu du tonneau.
   Vous, dont la femme en son ménage
   Boude, criaille et fait tapage;
   Vous, bons époux, de qui le front
   A pu recevoir quelqu'affront;
   Vous qui, sous le fardeau de l'âge,
   Sentez votre corps se plier;
   Vous qu'amour tient en esclavage,
   Vous que tourmente un créancier,
   Vous que déchire un gazetier,
   Et vous dont on siffle l'ouvrage;
   Croyez-moi, pour tout oublier,
   Usez de la liqueur divine :

C'est le remède souverain,
C'est la plus saine médecine,
C'est l'antidote du chagrin.
Je sais qu'il est des gens qu'un sort cruel opprime,
Et qui croiraient flétrir un deuil trop légitime
Si leurs maux, à ce prix, se trouvaient soulagés ;
Mais il faut s'affranchir de pareils préjugés :
Puisque le vin fait perdre la mémoire,
Plus on est malheureux, plus on devrait en boire.
Hélas ! dans le présent comme dans l'avenir,
C'est le meilleur ami que nous ayons sur terre :
Le vin, en amour comme en guerre,
Fait tout oser et fait tout réussir.
Un amant qui boit à plein verre
Est plus pressant et plus sûr d'obtenir ;
Un rimeur qui boit sec devient un bon poète :
Sa noble audace alors confond ses détracteurs ;
Un mérite timide, une muse discrète,
S'ouvre trop lentement le chemin des faveurs :
Prenez un vol hardi pour atteindre aux honneurs,
Ne craignez ni danger, ni chute, ni défaite ;
Il est un Dieu pour les buveurs.
Devinez-vous pourquoi notre bon Henri Quatre
Savait en même temps plaire, aimer et combattre ?
C'est qu'en naissant au bruit de la chanson,
Il but, pour premier lait, du vin de Jurançon.
Sait-on pourquoi chaque semaine
Les anciens membres du Caveau
Faisaient jaillir, sans effort et sans peine,
Tant de bons vers de leur brillant cerveau ?

C'est que dans le fond du tonneau
Ils avaient placé l'Hippocrène.
Sans le vin, que serait la pauvre espèce humaine !
Lui seul de l'ignorance arracha le bandeau :
Avant ce bon Noé, que le Ciel trouva digne
De repeupler la terre et de planter la vigne,
L'homme avait-il produit quelque chose de beau ?
Non ; le génie au vin doit toutes ses conquêtes :
       Si les animaux sont des bêtes,
      C'est qu'ils ne boivent que de l'eau.

Philosophes profonds qu'à bon droit on renomme,
      Allez de Paris à Pékin,
Traversez les États de Moscou jusqu'à Rome,
Et vous verrez partout l'heureux effet du vin
Corriger, adoucir les mœurs du genre humain.
Jamais un bon buveur ne fut un méchant homme ;
Jamais il ne médite un sinistre dessein :
Il ne conspire point la perte du prochain.
Si Tarquin n'eût songé qu'à la liqueur vermeille,
Ses sujets indignés ne l'auraient point banni ;
Si Néron n'eût aimé que le jus de la treille,
Son nom, par ses forfaits, n'eût pas été terni ;
Si Médicis n'eût fait que chérir la bouteille,
On n'aurait pas versé le sang de Coligni.
Si Mahomet, du vin avait permis l'usage,
Les Turcs ne seraient pas un peuple de tyrans ;
Enfin, si les Normands en buvaient davantage,
Peut-être ils deviendraient de fort honnêtes gens.

La voix de l'Univers a redit d'âge en âge
Les effets bienfaisans de ce divin breuvage :
Le Vieillard de Téos, à l'aimable chanson
Consacrant les accords de sa joyeuse lyre,
Enseigna des buveurs quel est l'heureux délire ;
Et joignit quelquefois l'exemple à la leçon.
   Rome a vu l'élégant Horace
Marier, sur son front, le pampre de Bacchus
   Au brillant laurier du Parnasse,
 Et dans des vers pleins d'une noble audace
De ce nectar terrestre exalter les vertus.
  Ne sait-on pas que dans leurs sacrifices,
   Tous les peuples religieux,
   Ont toujours offert les prémices
   De leurs vins les plus précieux ?
Quel présent en effet est plus digne des Cieux !
L'enfant de Bethléem, certain jour de bombance,
  En Galilée, au milieu d'un festin,
  Pour attester sa divine puissance,
  Avec de l'eau ne fit-il pas du vin ?
Que n'existai-je au temps de ces sublimes choses !
Qu'on ne me parle plus de ces Métamorphoses
Que l'amant de Corinne en beaux vers nous donna ;
La plus belle, à mon gré, c'est celle de Cana.
O coupable Israël, nation vagabonde,
Qui rêves le Messie et l'attends vainement,
  Quel fut alors ton fol aveuglement !
Comment, à ce seul trait de sagesse profonde,
N'as-tu pas reconnu le vrai Sauveur du monde !
  Pour te donner une utile leçon,

Je voudrais voir toute boisson
Pour toi se changer en tisane;
Et, pour le châtiment des peuples réprouvés,
Voir tous les vins du monde aux chrétiens réservés.
Nous donc, loin de ces juifs que notre loi condamne,
Buvons; mais évitons tout mélange profane!
    J'entends souvent le médecin,
    De l'eau raconter les merveilles :
Elle est bonne sans doute, et le fait est certain;
    Mais c'est pour rincer les bouteilles,
    Et pour attendrir le raisin.
Le vin est des bons mots la source intarissable :
Il rajeunit le cœur, réchauffe le vieillard,
    Inspire le couplet gaillard,
Et d'un froid raisonneur fait un convive aimable.
L'eau corrompt la saveur d'un mets délicieux,
L'eau n'inspire jamais qu'un refrain lamentable,
L'eau rend le discours fade et cérémonieux ;
Son seul aspect bannit les plaisirs de la table :
Hébé n'en verse pas dans la coupe des Dieux.

Ministres de Bacchus qui desservez son temple,
Vous qui nous entourez de soins officieux,
    Suivez mon ordre et mon exemple ;
Et que, pour rendre encor ce banquet plus joyeux,
De la vile carafe on délivre nos yeux :
    Que le vin pur dans nos verres s'élance,
    De rang en rang qu'il coule en abondance ;
    Faisons entendre un choc harmonieux,
    Et des glougloux le bruit mélodieux.

O liqueur salutaire ! ô source de délices !
Je voue à tes autels de pieux sacrifices :
Que le soleil commence ou termine son cours,
 Le verre en main il me verra toujours ;
  Et quand de sa faulx redoutable
  La Mort viendra trancher mes jours,
  Je veux qu'elle me trouve à table
  Chantant Bacchus et les Amours :
Qu'importe que le monde ou m'approuve ou me raille :
Je choisis un trépas digne d'un vrai buveur;
  Et c'est mourir avec honneur
 Que de mourir sur le champ de bataille.
Au-delà du tombeau, s'il est un sort futur,
Jusqu'à mon dernier jour prenant Bacchus pour guide,
Et de mon dernier vin la bouche encore humide,
Je descendrai sans crainte en cet abîme obscur.
Je ne redoute point la colère céleste :
Ce n'est qu'aux buveurs d'eau qu'elle sera funeste ;
  Eux seuls ont le cœur froid et dur.
  Pour moi, sans haine et sans envie,
  Dans l'étroit sentier de la vie,
Tant que je fus à jeun, j'ai marché d'un pied sûr :
  Je n'ai nul reproche à me faire ;
Que la Mort vienne donc quand il pourra lui plaire,
  Elle verra que tout est pur
  Et dans mon cœur et dans mon verre.